Pascal Meier
Oetingerstr. 5
4118 Rodersdorf

Lubomir

Ein zauberhaftes Märchen von Werner Bühlmann

mit 20 Illustrationen von Suzanne Dubach

BIRKEN-
HALDE
VERLAG

Dieses Buch
widme ich den Häuschenschnecken
und ihren Freunden.

Werner Bühlmann

Inhaltsübersicht

Vorwort	5
Lubomirs Traum	6
Hinaus in die weite Welt	10
Schneckenpost	13
Zwerg Zipfel weiß Rat	16
Der Zwergenspruch	20
Im Lande der Riesen	23
Der schwarze und der weiße Vogel	27
Rirum-rarum Zaubertrank	30
Die schöne Blume	37
In der Drachenschlucht	40
Die Verwandlung	46
Wieder daheim	54

Wichtiges Vorwort für alle, die gerne im Regen spazieren!

Ob Ihr's glaubt oder nicht, Kinder: Schnecken haben die besten Ideen, wenn sie sich in ihr Haus verkriechen. Da bleiben sie dann ein paar Stunden oder Tage drin in ihrem Schneckenhaus, denken sich die tollsten Sachen aus oder träumen spannende Geschichten. Später dann, wenn's wieder tüchtig regnet, erzählen sie auf der nassen Straße jedem, der's hören will, das ganze Abenteuer, haarklein.

So ist es mir ergangen. Weil ich nämlich gerade mal Zeit hatte, einer Schnecke zuzuhören. Und jetzt will ich alles für Euch aufschreiben. Denn die Geschichte ist wahr, und die Schnecke, die mir das alles erzählt hat, ist selber mit dabeigewesen. Fragt Lubomir, er wird Euch dasselbe sagen.

Mir soll jedenfalls nie wieder jemand einreden, Schnecken seien zu nichts nütze. Wer so etwas behauptet, der soll mal in diesem Buch nachlesen, wer den guten Einfall hatte. Etwa die Spatzen? Falsch geraten…

Kein Wunder, daß Lubomir und die Schnecke gute Freunde wurden. Und nun viel Spaß!

Lubomirs Traum

Warm und golden steht die Sonne am Himmel. Die ersten Blumen strecken ihre zarten Blütenkrönlein ans Licht. Ein zitronengelber Falter mit roten Tupfern auf den seidenen Flügeln gaukelt leise vorbei. Er tanzt von Blüte zu Blüte und sucht sich süßen Honig. Kleine Käfer krabbeln im Gras, und hoch am Himmel fliegen die Schwalben. Im nahen Teich schwimmt ein weißer Schwan. Es ist Frühling.

«Hoppel! Flöckli!» Wie schön ist es doch hier draußen auf der Weide. Mitten im saftigen Gras sitzt Lubomir, der kleine Hirtenbub. Er ruft seine Schafe herbei. Hoppels Glöcklein bimmelt lustig im zottigen, warmen Fell. Mmh! Mit schnellem Zünglein nascht Flöckli von den würzigen Kräutern. Lubomir lacht: «Komm jetzt, kleines Schleckmaul! Wir müssen uns auf den Heimweg machen.»

Schon leuchten am Himmel die ersten Sterne.

Die drei Freunde kehren zufrieden heim in ihr kleines Haus. Neben der Türe plätschert ein Brunnen. Frisches, klares Wasser spritzt aus der Röhre. Lubomir öffnet die Stalltüre. Es riecht nach feinem Heu und Stroh. Der Hirtenbub hat seine Schafe gern. Er streichelt sie, fährt ihnen mit der Hand durchs weiche Fell: «Gute Nacht, Hoppel, gute Nacht, Flöckli!»

Auch Lubomir ist müde. Er klettert in sein Holzbett, schlüpft unter die warme Decke und lauscht hinaus in die dunkle Nacht. Der Wind rauscht leise durch die Blätter, ein Bächlein gurgelt, alles schläft.

Doch in der Stille der hellen, klaren Nacht wacht weit über dem schlafenden Land die gute Fee. Es ist die Fee der Winde und Wolken. Es ist die Fee der schönen Träume. Was bringt sie wohl für einen Traum? Schau nur, sie geht hinein ins kleine Haus, mit einer zarten, roten Blume in der Hand.

«Schlaf, mein Kind, schlaf ein, schlaf ein,
träum von deiner Blume fein,
träume tief die ganze Nacht;
schlaf, mein Kind, ich halte Wacht.»

Sanft streicht die Fee über Lubomirs Stirn. «Vergiß ihn nicht, deinen Traum. Vergiß sie nicht, deine Blume. Weit weg von hier blüht sie versteckt im Zaubergarten…» Und leise, wie sie gekommen, schwebt die Fee zurück in ihr Wolkenschloß über den Bergen.

In der Ferne klingt ein Glöcklein. Hell scheint die Sonne zum Fenster hinein, und im Kirschbaum zwitschern die Spatzen. «Guten Morgen, Lubomir.» Der kleine Hirtenbub reibt sich die Augen: «Was hat die gute Fee gesagt? Wo ist die schöne Blume?» Weit weg von hier blüht sie versteckt im Zaubergarten.

Mit einem freudigen Satz springt Lubomir aus dem Bett. Sein Herz klopft vor Aufregung: «Ich will die schöne Blume finden! Ich will sie suchen gehen.» «Hoppel, Flöckli! Ich muß euch etwas sagen, ich mache eine Reise in den Zaubergarten.» Die Schafe blöken traurig. Sie wollen nicht alleine zu Hause bleiben. «Meh-mek, meh-mek! Geh nicht, geh nicht!» Lubomir krault Hoppel und Flöckli zwischen den Zottelohren und tröstet sie. «Die Reise ist zu weit für euch. Im Stall habe ich gutes Futter bereitgemacht. Seid brav, ich bin bald wieder da.»

Hinaus in die weite Welt

Juhee! Die große Reise kann beginnen. Am Wegrand murmelt ein Bach, die Weidenkätzlein glänzen silbern in der Morgensonne, und die goldenen Schlüsselblumen nicken mit den zierlichen Köpfchen und wünschen dem kleinen Wanderer einen guten Tag. Lubomir lacht. Ja, die Welt ist weit! Nein, sie hört nicht auf hinter dem kleinen Hügel. Immer weiter kann man gehen, immer weiter, bis zu den blauen Bergen. Am Himmel zieht eine weiße Wolke vorbei.

«Wohin geht deine Reise? Nimm mich mit, du weißes Wolkenschiff!»

Und die Wolke antwortet:

*«Bin zu leicht für dich,
bist zu schwer für mich.»*

«Bitte laß mich aufsteigen, ein kleines Stück nur mitfahren!»

*«Bin ein Himmelskind,
mein Vater ist der Wind,
meine Mutter die Sonne,
meine Schwester die Wonne,
mein Bruder heißt die Regentonne,
bin zu leicht für dich,
bist zu schwer für mich.»*

«Aber der Weg, weiße Wolke, der Weg in den Zaubergarten?»

Doch der Wind hat die Wolke längst fortgetragen, weit fort über Berg und Tal.

Vielleicht können die zwei dicken Spatzen Lubomir weiterhelfen.

Da vorn am Waldrand sitzen sie auf dem Zaun und warten, wer da käme. Sagt der erste Spatz: «Schau, da kommt einer. Und was für ein Kleiner!» Sagt der zweite Spatz: «Er weiß den Weg nicht, der kleine Wicht! Wollen ihn necken, müssen was aushecken. Psst, da kommt er.» Die Spatzen lachen und tuscheln miteinander.

Lubomir bleibt beim Zaun stehen. «Guten Tag, ihr Spatzen! Könnt ihr mir bitte helfen?»

«Helfen?
Sind leider selber bettelarm...
– spindeldürr, daß Gott erbarm.
Gib uns dein Brot...
sind arg in Not.»

Lubomir bricht ein Stücklein ab. Schnell picken die zwei frechen Spatzen das knusprige Brot und jammern:

«Ist das alles?
Und die andere Hälfte?»

Lubomir streut den Rest des Brotes auf den Boden. «Da nehmt, ihr armen Spatzen, und sagt mir bitte den Weg.»

«Den Weg?
Tut uns leid...
– frag gscheitere Leut!
Geh brav weiter ohne Bang,
am besten immer der Nase lang!»

Die Spatzen kichern, flattern auf und davon und lassen Lubomir am Wegrand stehen. Nur ein paar Brosamen liegen verstreut auf dem Boden.

Schneckenpost

Heiß brennt die Sonne am Himmel, und der Weg wird immer steiler. Gut, daß da vorne der große Wald beginnt. Im kühlen Schatten der Bäume kann Lubomir ausruhen.

Wie still es hier ist. Ein kleiner Käfer krabbelt übers Moos. Plötzlich macht er kehrt und verschwindet in einem Loch. Denn hinter ihm kommt mit großem Getöse ein eiliger Bote:

«Schneckenpost!
Macht Platz, ihr Leut,
– muß heut noch weit
in die große Welt hinaus,
bring gute Post in euer Haus.»

Ihr habt es sicher längst erraten, wer da keuchend und schnaufend wie eine alte Lokomotive um die Ecke biegt: Natürlich, die Schnecke mit ihrem großen Haus, das sie auf dem Buckel mitschleppt. Jetzt dreht die Schnecke langsam und gemütlich ihre Fühler und brummelt: «Wünsch' einen schönen Abend, Kamerad. Bin von der Schneckenpost und bringe allen Leuten gute Nachrichten ins Haus. Bist wohl fremd hier? Sag, Kamerad, wo willst denn hin und wer bist du?»

Lubomir ist froh. Endlich hat er jemanden gefunden, den er nach dem Weg fragen kann. Vielleicht wird ihm die Schnecke helfen, seine Blume zu finden. Die Schnecke wiegt bedächtig die Fühler und sagt freundlich:

«Wenn's weiter nichts ist, hier findest du viele Blumen: rote und blaue, weiße und gelbe, soviel dein Herz begehrt!» Doch Lubomir schüttelt den Kopf. «Meine Blume ist nicht hier auf dieser Wiese. Sie ist eine Traumblume und wächst im Zaubergarten!» Nun macht die Schnecke große Augen: «Im Zaubergarten, sagst du? Hmh, bin schon weit in der Welt herumgekommen, aber im Zaubergarten – nein, da war ich noch nie. Da muß ich mich erst mal in mein Häuschen verkriechen und nachdenken. Das machen wir Schnecken seit Urzeiten so.» Und langsam, ganz langsam zieht sich die Schnecke zurück in ihr gemütliches Haus und denkt nach.

Stunde um Stunde vergeht. Lubomir wird ungeduldig. «Beeil dich bitte, liebe Schnecke! Meine Schafe warten daheim auf mich. Ich muß weiter, bevor die Sonne untergeht.»

Langsam wird es Abend, da regt sich etwas im Schneckenhaus: «Ich hab's, Kamerad! Wir fragen ganz einfach meinen Freund, den alten Zwerg Zipfel, der weiß ganz bestimmt Rat. Komm, Lubomir!»

Niemand gibt Antwort, niemand ist auf dem Weg zu sehen. Lubomir ist längst fort. Aber die Schnecke läßt sich nicht entmutigen: «Na ja – weit wird er nicht kommen in der Nacht. Am besten, ich frag' den alten Zwerg gleich selbst, so – und soo – und immer gemütlich, dann geht's am schnellsten...»

Zwerg Zipfel weiß Rat

Zum Glück geben Schnecken nicht so schnell auf. Was sie sich einmal vorgenommen haben, das führen sie auch aus. Und ganz in der Nähe von hier ist ja die Höhle des alten Zwergs. Wer gute Ohren hat, der hört von weitem schon ein feines Hämmern und Klopfen, ein Klingen und Singen wie von tausend Silberglocken. Ja, die Zwerge sind gar fleißige Gesellen. Seit uralten Zeiten hausen sie in den Schluchten und Höhlen, graben tiefe Gänge und tragen in kleinen Säcken funkelnde Steine heim.

«Zwerg Zipfel! Zwerg Zipfel!» Die Schnecke ruft, so laut sie kann.

Das Klopfen verstummt. Steine kullern, es raschelt in den Büschen, und der Schein einer winzigen Laterne leuchtet auf. Und tripp-tripp-trapp, hast du's gesehen, steht er schon da, der kleine Zwerg, und brummelt freundlich: «Aha, die Schneckenpost! Was gibt's für Neuigkeiten, lieber Freund?» Unter der roten Zipfelkappe funkeln zwei wache, lustige Äuglein hervor, und der schlohweiße Bart reicht dem kleinen Wicht bis zum Gürtel hinunter. Die Füße stecken in glänzenden Zwergenschuhen, winzig sind sie, das ist wahr, aber wie gut man damit laufen kann, weiß nur einer, der es mit eigenen Augen gesehen hat. Und verschwiegen ist er auch, der alte Zwerg. Er kennt Geheimnisse und weiß Dinge, von denen du und ich noch nicht einmal eine Ahnung haben. Aufmerksam hört er zu. Und Wörtlein für Wörtlein, Satz für Satz erzählt die Schnecke alles, was sie von Lubomir weiß, ganz langsam, dafür ganz genau: «Ja, der kleine Hirtenbub sucht seine Blume, nein, er weiß nicht, wo der Zaubergarten ist; ein blaues Röcklein trägt er und steht jetzt wohl mutterseelenallein im dunklen Wald.» Leise kichert Zwerg Zipfel vor sich hin. «Ei, lieber Freund, das hast du gut gemacht; will

sehen, ob ich das Büblein find'
im tiefen Wald, 's ist schon gar
dunkel. – Gute Nacht!» Kaum
haben sich die beiden Freunde
voneinander verabschiedet,
nimmt Zipfel die Laterne und
den kleinen Zwergenpickel und
trippelt los. Eine Weile noch
hört man das lustige Klappern
der Zwergenschuhe, dann ist
alles still.

Wie große, dunkle Riesen
rauschen die mächtigen Bäume
im Abendwind. Am Himmel
scheinen die Sterne, und hinter
den Bergen taucht die feine,
silberne Sichel des Mondes auf.
Der Wind bläst kalt und
kälter. Und mitten im großen
Tannenwald steht ganz allein ein
kleiner Wanderer und friert.
Vom Weg ist kaum mehr eine
Spur zu sehen. Nein, heute
kommt er nicht mehr heim.
Nirgends ist ein Haus, und
niemand, den man nach dem
Weg fragen könnte.

Ein Käuzchen schreit.
Lubomir zuckt zusammen.
Was war das? Da, ein Rascheln,
und was leuchtet dort zwischen
den Blättern? Das sind sicher
die glühenden Augen eines
wilden Tieres. Lubomirs Herz
klopft bis zum Hals. «Nur weg
von hier», denkt er, springt über
den nächsten Baumstamm,
verfängt sich in den Brombeer-
ranken, stolpert und kullert
übers weiche Moos genau vor
die Füße eines kleinen
Männchens. «Guten Abend,
Lubomir!»

Ganz verdattert staunt
Lubomir umher. Träumt er oder
ist er wach? Im warmen Schein
einer Laterne steht ein Zwerg
mit einer roten Zipfelkappe und
sagt mit leiser, freundlicher
Stimme: «Brauchst keine Angst
zu haben, bin bloß der Zipfel,
ich will dir helfen.» Der kleine
Zwerg nimmt den zitternden
Hirtenbuben sachte bei der
Hand. «Komm, Lubomir, du
frierst, wir wollen uns am
warmen Feuer wärmen.» Es ist
kein Traum. Da vorne hüpft
Zipfel mit seiner Laterne über
Stock und Stein, und das

Zottelchen der Zwergenkappe tanzt im Takt dazu. Lubomir hat keine Angst mehr. Munter springt er hinterher, durch die dunkle Nacht. Horch, Zipfel singt das Zwergenlied:

«Hüpfe, springe, tripp-tripp-trapp,
Hügel auf und Hügel ab,
– ohne Rast und ohne Ruh,
– niemand hat so feine Schuh.
Leuchte, mein Laternchen,
leuchte wie ein Sternchen!»

Plötzlich ist der kleine Zwerg wie vom Erdboden verschluckt. Ratlos steht Lubomir zwischen ein paar großen Steinen und Ästen im Dunkeln. «Zipfel, wo bist du?» Der kleine Zwerg kichert und schwenkt sein Laternchen. «Lubomir! Siehst du nicht das kleine Löchlein zwischen den Haselstauden? Ich will dir leuchten, komm!» Zipfel nimmt seinen kleinen Gast bei der Hand und führt ihn vorsichtig durch einen engen, steilen Gang ins Erdreich hinunter. «Willkommen in meiner Zwergenhöhle. Hier ist ein weiches Fell, mach es dir recht gemütlich!» Wie warm es hier ist! In einer Ecke glüht ein Feuer. Zipfel legt etwas Holz auf, und bald züngeln und lecken die Flammen am schwarzen Topf empor, der über der Feuerstelle hängt. Zipfel ist ein guter Koch. Mit einer langen Holzkelle rührt er im Kessel und kostet dazwischen manchmal ein Löffelchen vom dampfenden Brei. Mmh, was für eine köstliche Zwergensuppe! «Komm, Lubomir, das Essen ist bereit!» Aber Lubomir gibt keine Antwort. Er ist auf dem Fell eingeschlafen. Zipfel schmunzelt. Er holt seine fein bestickte Zwergendecke, legt sie behutsam über seinen kleinen Gast und deckt ihn warm zu.

«Jetzt aber leise, daß er nicht erwacht;
's Laternchen aus.
– Gut Nacht, gut Nacht!»

Auch Zipfel ist müde. Behutsam stellt er seine Zwergenschuhe in die Ecke und legt sich in der Nähe der roten Glut schlafen.

Der Zwergenspruch

Tief drunten in der Erde schnarchen unsere beiden Freunde in der gemütlichen Höhle, während hoch droben am Himmelszelt der Mond gemächlich seinen Weg durch die lange Nacht geht. Noch ist es dunkel, da ist der fleißige Zipfel schon wieder auf den Beinen. Er holt Wasser, macht das Feuer an, gießt Milch in den Topf und deckt den Tisch. Kleines Zwergengeschirr nimmt er aus dem Schrank, winzige Teller und Tassen und feines Besteck. Und wie sie lustig klimpern, all die Löffelchen und Gäbelchen.

«Hörst du die Morgenmusik, Lubomir? Wach auf, wach auf!» Zipfel kitzelt den kleinen Hirtenbuben an der Nase, und Lubomir muß lachen. Tief und fest hat er geschlafen, so gut, wie man wohl nur in einer Zwergenhöhle schlafen kann. Lubomir setzt sich auf und schnuppert. «Was für ein feiner Geruch!» Zipfel lacht und zieht eben ein knusprig braunes Brot aus dem Ofen. «Und nun greif tüchtig zu, der Weg in den Zaubergarten ist gar weit!»

Nach dem Morgenessen brechen die beiden auf.

Draußen ist es noch finster. Irgendwo in der Ferne kräht ein Hahn. Zipfel weiß den Weg und geht mit der Laterne voran. Lubomir darf den Zwergenpickel tragen. So gehen sie lange Zeit schweigend hintereinander den steilen Waldweg aufwärts. Als endlich die ersten Sonnenstrahlen rot und golden durch die Baumwipfel brechen, lichtet sich der Wald, und sie kommen,

oben an. Zipfel winkt Lubomir.
«Dort, hinter jenem hohen Berg,
da liegt der Zaubergarten; dort
wirst du finden, was du suchst.»
Jetzt heißt es Abschied nehmen.
Die beiden Freunde reichen
sich die Hand. «Danke, Zipfel,
danke tausendmal!» Zipfels
Äuglein funkeln schelmisch.
Er flüstert Lubomir etwas ins
Ohr: «Wenn du einmal nicht
weiter weißt auf deiner Reise, so
denk stets an den alten Zwergenspruch, den ich dir jetzt
verraten will. Vergiß ihn nicht!»

«Auf dem Wege hab stets acht,
auf dem Stege gehe sacht;
ist er grade, ist er krumm,
immer weiter, kehr nicht um.
Was dich schreckt, ob groß, ob klein,
geh deinen Weg, bist nicht allein.»

Ja, Zipfel ist wirklich ein
lieber Zwerg. Noch lange steht
Lubomir da und winkt und
winkt, bis die rote Zipfelkappe
hinter einem Felsen ver-
schwunden ist.

Im Lande der Riesen

Wie Perlen leuchten die Tautropfen im nassen Gras. Was für ein herrlicher Morgen! Lubomir stapft munter drauflos, pfeift sich ein lustiges Liedchen und wandert ins Tal hinaus. Weit kann es nicht mehr sein bis zum Zaubergarten. Da vorne steht ein altes Wegkreuz, wo der Pfad sich gabelt. Lubomir steht still: Links oder rechts; wie geht die Reise weiter?

Zum Glück liegt gleich neben dem Weg ein großer Felsbrocken, wer weiß, vielleicht sieht man von dort oben mehr. Behende klettert Lubomir hinauf, doch mit einem Male beginnt der Brocken zu wackeln und rucken und zittern und zucken, hebt sich hoch empor in die Luft, und eine dröhnende Stimme poltert: «Ho-ho-ha, was für ein kleiner Käfer zwickt mich da; aufhören, sag' ich, verflixte Laus, ich will dir, halt-ho-ho!»

Lubomir ist starr vor Schreck. Der rötliche Felsbrocken, auf dem er eben noch fröhlich herumgekrabbelt ist, ist gar keiner: Es ist die Hand eines gewaltigen Riesen. Jetzt bewegt sich auf einmal der ganze Berg, prustend und rülpsend hebt sich mit Geknorze ein gewaltiger Kopf aus dem Geröll, und zwei Augen, wie Mühlsteine so groß, glotzen den kleinen Fremdling an. Nach einer Weile verzieht sich das unflätig aufgeschwollene Riesenmaul zu einem breiten Grinsen. «Hab' zwar erst ein Faß voll Most und ein paar Maltersäcke Kartoffeln im Bauch, aber Läuse und Heuschrecken, pfui Teufel, das mag fressen, wer will, aber nicht der Chuori.»

Wild lacht der Riese Chuori auf, setzt mit der knorrigen Hand den Hirtenbuben vor sich ins Gras und schnaubt: «Fress' dich schon nicht, kleine Rotznase, potz sapperment! Na, tu schon den Mund auf, grüner Bengel, was suchst du hier bei uns im Riesenland?»

Noch immer steht Lubomir mit offenem Mund wie angewurzelt da.

Endlich kommt ihm Zipfels Zwergenspruch in den Sinn, und er faßt sich ein Herz und stammelt: «Ich suche den Weg in den Zaubergarten!» Der Riese überlegt eine Weile. «Den Weg in den Zaubergarten? Wenn's weiter nichts ist», poltert Chuori, «ein Kerl wie ich, der sieht's von hier! Immer schön rechts halten, da kann's nicht fehlen, potz sapperment!» Stolz lachend klopft sich Chuori auf die Schenkel und winkt mit seiner derben Pranke Lubomir zum Abschied zu.

Doch in diesem Moment wird der Berg zum zweiten Mal lebendig. Über den Felsrand schiebt sich ächzend ein verschlafener Kopf mit zerzaustem Bart und schwarzfeurigen Augen und knurrt mit wütender Stimme: «Ruhe, ihr vermaledeiten Spitzbuben, man wird doch wohl am frühen Morgen noch in Frieden schnarchen dürfen, he! Und überhaupt weiß doch jeder Pimpf, daß es in den Zaubergarten links langgeht, ihr Dummköpfe!»

Das läßt Chuori natürlich nicht auf sich sitzen. Mit zündroten Ohren und blitzenden Augen faucht er zurück: «Selber Dummkopf, rechts geht der Weg, du alte Schlafkappe!»

«Links, du Trottel, so wahr ich Cholderi, der stärkste aller Riesen bin.»

«Rechts, sag' ich; kannst wohl einen Esel nicht von einer Kuh unterscheiden, du blöder Mostkopf!»

Das war ein Wörtlein zuviel. Wie ein gereizter Stier richtet sich Chuoris Nachbar zornig schnaubend auf und stürmt in gewaltigen Sätzen über die Hügel heran. Kaum haben sich die beiden am Kragen, wirbeln Dreckschollen, Steine, Fäuste, Arme und Beine wild durch die Luft. Blitze zucken, heftige Windstöße brausen durchs Tal, es kracht und dröhnt, daß einem Hören und Sehen vergeht. Schon fallen die ersten schweren Tropfen, schon rauscht ein prasselnder Regen hernieder, immer schlimmer tobt der Kampf, und die zerstrittenen Riesen wälzen sich brüllend im Schlamm, während über ihren Köpfen das mächtige Gewitter sich entlädt.

Und Lubomir? So schnell ihn seine Beine tragen, springt er davon durch den gießenden Regen.

Weg, nur weg von hier, irgendwohin. Nach einer Weile bleibt er zitternd unter einem Felsvorsprung stehen. Weit in der Ferne poltern noch immer die Riesen. Ein kalter Wind treibt Nebelschwaden über das Land.

Der schwarze und der weiße Vogel

Das dicke Nebeltuch hat alles eingehüllt. Lubomir sieht nichts mehr. Regen tropft ihm von der Nase, alles ist naß. Traurig kauert er am Boden. Wo ist der Weg, wo ist der Zaubergarten? Er weiß nicht mehr weiter. Alles ist umsonst gewesen, die ganze lange Reise. Wie schön wäre es, daheim zu sein!

Da hört man ein Rauschen und Flügelschlagen in der Luft, der Nebel reißt auf, und zwei seltsame Vögel fliegen geradewegs auf den Felsen zu, ein schwarzer und ein weißer.

Krächzt der schwarze Vogel:

«Bei Sturm, bei Wirbelwind und Regen
gefährlich ist's auf allen Wegen.
Ach, armes Kind, du bist allein.
Was wartest du? Geh heim, geh heim!»

Der weiße Vogel aber singt:

«Lubomir, du darfst nicht warten,
die schöne Blume blüht im Garten
tief drin im dunklen Zauberwald.
Wach auf, wach auf, du findst sie bald!»

Lubomir trocknet seine Tränen. Träumt er oder ist er wach?

Da reißt der schwarze Vogel seinen spitzen Schnabel weit auf:

«Kra-kra, kehr um, dein Weg ist weit.
Kra-kra, mach schnell, 's ist höchste Zeit!»

Doch der weiße Vogel flüstert:

«Ich mache allen Menschen Mut:
Geh weiter, bald kommt alles gut.»

Und so, wie sie gekommen, fliegen die zwei Vögel auf, mächtig rauschen ihre Flügel, und bald sind sie in der Weite des Himmels verschwunden. Auf welchen Vogel soll Lubomir hören? Plötzlich kommt ihm etwas in den Sinn. Natürlich, er muß doch bloß an Zipfels Sprüchlein denken! Und nun klaubt er langsam Wort für Wort des geheimnisvollen Zwergenspruchs zusammen. Nach einer Weile sagt der kleine Hirtenbub entschieden: «Der weiße Vogel hat recht! Jetzt bin ich schon so lange gelaufen, da will ich nicht umkehren!»

Der Nebel hat sich gelichtet. Unten im Tal liegt ein Wald. Seltsam rund ist er, fast wie ein Rad, und mitten drin, was leuchtet so lockend grünlich aus der Tiefe? Lubomir jubelt.

Das muß er sein, dort unten liegt der Zaubergarten! So rasch ihn seine Füße tragen, steigt Lubomir den steilen Pfad hinunter in die Tiefe. Im Talesgrund rauscht ein reißender Bergbach, schäumend stiebt das Wasser über die Felsen, und am andern Ufer steht finster und undurchdringlich der Zauberwald. Wie mächtige Wächter recken ein paar uralte Eichen ihre knorrigen Wurzelhände in die Höhe. Zwischen den Ästen sirren und schwirren niedliche, farbige Vögelchen und rufen mit süßem Gezwitscher: «Ki-witt, ki-witt, komm mit, komm mit...»

Hoch auf spritzt das Wasser des Wildbachs. Wo geht der Weg weiter? Nirgends gibt es eine Brücke. Aber Lubomir muß hinüber. Bald entdeckt er einen umgestürzten Weidenstamm, der aus dem Wasser ragt. Ein kühner Sprung, und noch einer, und Lubomir steht am andern Ufer.

Rirum-rarum Zaubertrank

«Ki-witt, ki-witt!» Die kleinen Vögelchen schwärmen auf und davon durchs Geäst, sitzen bald da, bald dort in den Zweigen und locken den kleinen Hirtenbuben immer tiefer in den Wald. Dicht stehen die Bäume, ihre Kronen schließen sich zu einem undurchdringlichen Blätterdach zusammen. Kein Fleckchen Himmel ist zu sehen, und doch ist der ganze Wald in ein zauberhaftes grünes Licht getaucht. Staunend bleibt Lubomir auf dem weichen Moosteppich stehen. Vor ihm türmt sich eine hohe Mauer aus groben Steinklötzen auf, und zuoberst sitzt eine Katze mit schwefelgelben Augen und schwarzem Fell. «Miau!»

«Ich komme, Kätzchen!» So schnell er kann, klettert Lubomir auf die Mauer, doch als er endlich oben ankommt, ist die Katze verschwunden. Ganz in der Nähe steigt grauer Rauch aus dem Wald. Und dort, gut versteckt hinter den Büschen, leuchtet ein rotes Ziegeldach zwischen den Blättern hervor. Wer mag wohl in dem Häuschen wohnen?

Es ist die alte Hexe Schilasur. Die hockt in der Hexenküche vor ihrem dampfenden Zaubertopf und braut sich gerade eine gräßliche Brühe zusammen. Auf ihrem Buckel aber sitzt die schwarze Katze und schaut gebannt zu, wie die Meisterin mit der Kelle in der stinkenden Soße rührt.

«Rirum-rarum Zaubertrank,
wer dich trinkt, den machst du krank...
Fliegenpilz und Warzentee,
Krötenschleim und Bitterklee,
Teufelsknochen eins, zwei, drei:
Fertig ist der Hexenbrei!»

Und nun streckt Schilasur ihre krumme Nase über den Topf und schnüffelt zufrieden vor sich hin: «Mmh, riecht fein und schmeckt vor-züg-lich! Jetzt wird wieder gezaubert, jetzt will ich wieder Menschen in Blumen verwandeln, he-he-he. Eine besonders feine und schöne haben wir ja schon in unserem Versteck, nicht wahr, meine kleine Miezekatze?» «Miau, Frau Meisterin, und bald wird's eine mehr sein!» Leise flüstert Nero, der schwarze Kater, der Hexe etwas ins Ohr. Da fängt die alte Hexe mit ihrer krummen Nase an zu schnüffeln und geifert leise vor sich hin:

«Ei, ei, wer schleicht in meinen Garten?
Komm her, du kleiner Teufelsbraten,
du kommst mir eben grade recht,
wart' lange schon auf einen Knecht,
der mir die Arbeit macht
am Tage und bei Nacht, he-he!»

Von all dem ahnt Lubomir nichts. Endlich hat er eine Stelle gefunden, wo er über die Mauer in den Garten schlüpfen kann. Lubomir denkt nur an seine Blume. Wo ist sie bloss?

Es gibt viele Blumen hier: kleine, feine, die in den prächtigsten Farben zwischen dem tiefen Grün des Waldes hervorleuchten, aber auch dicke, fleischige Blüten mit klebrigen Stielen, die wie Giftschlangen über den Boden züngeln.

Seltsam, die Bäume haben richtige Gesichter: Da ein scheußliches Fratzenmaul mit spitzen Zähnen, dort ein lustiger Ulk mit einer moosigen Knollennase und zwischen dem Birkengesträuch ein hutzliges Wurzelweibchen, das mit scheuem, freundlichem Blick herüberäugt. Ein ganzes Völklein

knorriger Waldkobolde und Elfen ist hier versammelt. Sie flüstern leise miteinander über den fremden Gast. Wenn man es nur verstehen könnte!

Lubomir weiß zum Glück nicht, wer da vorne im kleinen Waldhäuschen auf ihn wartet. Aus dem Kamin qualmt dicker Rauch, also ist wohl jemand zu Hause. Und da sitzt ja auch schon das schwarze Kätzchen auf dem Fensterbrett. Jetzt kratzt es am Flügel und verschwindet lautlos im düsteren Stübchen. Im Garten vor dem Haus steht ein alter Birnbaum. Vorsichtig späht Lubomir hinter dem breiten Stamm hervor. Da hört er schlurfende Schritte, und eine zuckersüße Stimme krächzt: «Brauchst keine Angst zu haben, Bübchen, komm her und erzähl deinem alten Großmütterchen, was dich herführt.»

Lubomir glaubt der Hexe alles. Er erzählt von der Fee, von Zipfel und vom weißen Vogel. «Ich suche meine Blume», sagt er schüchtern. Jetzt aber stampft Schilasur wütend auf den Boden: «Würde dir wohl so passen, du frecher Bengel, deine vorwitzige Nase in meinen Garten zu strecken. Zur Strafe sollst du mir von Stund an dienen als mein Knecht!»

Lubomir zuckt zusammen. Starr vor Schreck steht er da, während die böse Hexe Schilasur einen Zauberspruch murmelt:

«Rirum-rarum, Tag und Nacht stehst du jetzt in meiner Macht. Rirum-rarum, Stund um Stund gieße mir die Blümlein bunt!»

Mit wehenden Haaren und fliegendem Rock wirbelt die Hexe um den Birnbaum herum. «Was stehst du noch da und hältst Maulaffen feil? Marsch, mach dich an deine Arbeit, die Gießkanne steht hinter dem Haus. Und wehe dir, wenn ich am Abend irgendwo ein trockenes Blättlein finde!»

Wütend schlurft die Alte ins Haus und läßt Lubomir stehen. Was soll er tun? Am besten einfach davonrennen! Doch schon öffnet sich von innen ein Fensterchen: «Daß du es gleich weißt, der Hexengarten ist verzaubert, so schnell kommt hier keiner raus.» Mit höhnischem Lachen wird das Fenster zugeknallt. Bald darauf brodelt in der Hexenküche im schwarzen Topf wieder der schleimige Zaubertrank.

Lubomir lehnt hinter dem Haus an der Mauer. Ach, wäre er doch nur zu Hause geblieben, bei Hoppel und Flöckli! Hilft denn niemand? Lubomir weint.

Die schöne Blume

Tag für Tag, Stund um Stund ist Lubomir mit seinem Kännchen an der Arbeit. Er holt frisches Wasser und gießt die Pflanzen rund ums Hexenhaus. Meist streckt Schilasur ihre krumme Nase zum Fenster hinaus und schielt argwöhnisch nach ihrem Knecht. Heute aber ist sie mit ihrem Hexenbesen auf Kräutersuche.

Lubomir ist allein. Sieh nur, ein prächtiger Schmetterling gaukelt über die Wiese. Doch jetzt lässt er sich auf einer Blüte nieder und taucht seinen feinen Rüssel in den honigsüßen Blumenkelch.

Oh, wie golden zart sind seine seidenen Flügel! Ganz vorsichtig beugt sich Lubomir hinunter. Ein leiser Schritt, ein Windhauch, da schreckt der Schmetterling auf und tanzt über die Blumenwiese auf den Waldrand zu.

«Wo fliegst du hin, schöner Falter, bleib doch, bleib doch bei mir!» Lubomir lacht und versucht, den Flüchtigen zu erhaschen. Aber der flügelt leichthin durch die Luft, Lubomir hüpft hinterher, und immer weiter geht das Spiel, immer tiefer geraten sie in den Wald hinein. Doch mit einem Mal ist der Schmetterling hinter einem wilden Dornbusch verschwunden. Ganz vorsichtig schiebt Lubomir einen Ast zur Seite, und dann... dann sieht er sie, die schöne Blume! Rot leuchten ihre samtenen Blütenblätter zwischen den Dornen hervor, ein strahlender purpurner Stern, genauso wie im Traum, und leise flüstert eine Stimme:

«Jahr um Jahr immerdar
muß ich auf Erlösung warten
tief im dunklen Zaubergarten.»

«Wie kann ich dich erlösen, schöne Blume?»

Und wieder flüstert die feine Stimme: «Du mußt die goldene Quelle finden, Lubomir. Doch hüte dich, der Pfad zur Drachenschlucht ist gefährlich. In einer Höhle, tief drin im Erdreich, fließt die goldne Quelle, und nur mit diesem Lebenswasser kannst du uns erlösen, dich und mich.»

In der Drachenschlucht

Endlich hat Lubomir seine Blume gefunden. Er möchte jauchzen vor lauter Freude. Doch der Weg ist noch nicht zu Ende. Wo ist die schwarze Schlucht, wo die geheimnisvolle Quelle? Soll er es wirklich wagen? Wehe ihm, wenn die Hexe etwas merkt. Aber Lubomir zögert nicht. So schnell ihn die Füße tragen, trabt er mit seinem Kännchen los. Wie ein munteres Zicklein springt er über Stock und Stein und gönnt sich kaum einen Halt. Immer unwirtlicher wird die Gegend, kahl und nackt ist jetzt das Land, und nach einer Weile gelangt Lubomir in eine einsame Steinwüste. Riesige Felsklötze mit scharfen Kanten liegen kreuz und quer am Weg, und zu beiden Seiten wachsen steile Bergwände in die Höhe. Auf den vorspringenden Klippen sitzt eine Schar kohlschwarzer Raben. Der größte unter ihnen ist der Rabenvater. Mit scharfem Blick äugt er neugierig hinunter und krächzt: «Hat sich wohl verirrt, der Kleine, bräuchte Flügel und hat nur zwei Beine.»

Lubomir kann nicht fliegen, aber klettern kann er. Immer wieder findet er eine Wurzel oder einen Strauch, an denen er sich festhalten kann. Jetzt heißt es gut aufpassen! Der Boden ist übersät mit hartem, glasigem Geröll. Schritt um Schritt, Tritt für Tritt tastet sich Lubomir langsam vorwärts. Plötzlich bleibt er erschreckt stehen. Ein schroffer Schlund stürzt vor ihm in die Tiefe. Der Durchgang ist versperrt!

Hat er sich verlaufen? Müde und entmutigt setzt sich der kleine Wanderer in eine Felsnische. Schlaf jetzt nicht ein, Lubomir! Hörst du das Rauschen in der Ferne? Fein und leise klingen silberhelle Töne aus dem Dunkel der schwarzen Schlucht. Was für eine zauberhafte Musik! Hellwach sieht sich Lubomir um. Genau hinter ihm öffnet sich die Erde zu einem schmalen Spalt, gerade breit genug, um hindurchzuschlüpfen.

Vorsichtig tappt Lubomir in die Finsternis. Ein enger Gang windet sich hinab ins Erdreich. Plötzlich weitet er sich, wird groß und größer, und mit einem Mal steht Lubomir in einer großen Höhle. Von irgendwoher flutet zartblaues Licht in den Raum. Was für ein verborgenes Wunderland! Lubomir kann sich kaum sattsehen an all den gleißenden Säulen und stachligen Pfeilern, die wie Eiszapfen von der Decke blitzen. In allen Farben und Formen hängen und stehen sie, hie und da klatschen Tropfen auf den glitschigen Höhlenboden und zerstieben in tausend kleine Kristalle. Seltsam, da hinten flackern immer wieder zwei unruhige Lichter auf! Was mag das nur sein? Jetzt hört man ein Schnauben und – Lubomir erstarrt. Wenige Schritte vor ihm liegt ein riesiger Drache. Aber halt! Das Untier schläft. Doch da bewegt es wie im Traum leise den schweren Körper und murmelt: «Ich träume beim Wachen, und ich wache beim Träumen…»

Jetzt öffnen sich die Lider, wie Blitze zuckt's aus feurigen Augen, wie Donnergrollen tönt's aus dem offenen Rachen, und furchterregend faucht der Drache: «Was suchst du in meiner Höhle, Lubomir?» Eine entsetzlich würgende Angst steigt in Lubomir hoch.

In panischem Schrecken will er fliehen, aber die Beine gehorchen ihm nicht. Wie angewurzelt bleibt er stehen, starrt gebannt und stumm in das offene Maul, das ihn gleich verschlingen wird, und wartet auf das Ende. Nichts passiert. Verwirrt schaut Lubomir auf. Will ihn der Drache am Ende gar nicht fressen? Ein leises Lächeln huscht über das ernste Drachengesicht. Da faßt sich Lubomir endlich ein Herz und stammelt: «Ich suche das Wasser der goldenen Quelle.» Bedächtig wiegt der Drache den Kopf und spricht: «Schon seit uralten Zeiten fließt die Quelle verborgen im Schoß der Mutter Erde. Doch wer den Ort nicht weiß, wird sich verirren, Lubomir. Wer dieses Wasser will, der wagt sein Leben!»

Nach langem Schweigen antwortet der Hirtenbub: «Ich brauche es für meine Blume. Nur mit diesem Wasser können wir erlöst werden. Laß mich bitte durch, großer Drache.»

Die glühenden Augen heften sich eindringlich auf den kleinen Wanderer, goldgrün schimmert die schuppige Haut, und mit tiefer Stimme orakelt der Drache:

«Das ist das Zeichen.
Hartes muß weichen,
lautere Worte
öffnen die Pforte.»

«Steig auf meinen Rücken, Lubomir!»

Der Drache brummt: «Hab keine Angst, ich weiß den Weg. Weil du so mutig bist und deiner Blume helfen willst, so will ich dich zum Wasser

führen. Ich bin der Hüter der goldenen Quelle.» Und Lubomir sitzt auf. Langsam und bedächtig setzt der Drache seine schweren Pranken in Bewegung. Zuoberst schwankt der kleine Reiter wie auf einem mächtigen Schaukelpferd. Er muß sich gut festhalten am schuppigen Kleid, denn der Weg ist holprig und steil. Da ist auch wieder die Musik. Hell und heller klingt das zauberhafte Glockenspiel durch die glänzenden Höhlengänge, das geheimnisvolle Rauschen schwillt an, und dann steht der Drache still: «Wir sind da, steig ab und füll dein Kännchen, Lubomir!»

Vor lauter Staunen bleibt der Hirtenbub einfach sitzen. Welch herrliche Pracht! Die ganze Höhle ist erfüllt von perlenden Glockentönen, ein strahlender Glanz durchdringt den Raum, und mittendrin sprudelt warm die Quelle. Es ist, als tanzten tausend Wasserfeen im goldenen Schleier einen himmlischen Reigen, Schleier über Schleier ergießt sich das Lebenswasser stoßweise aus der Erde und versinkt glucksend wieder im unergründlichen Felsenschoß.

Endlich taucht Lubomir sein Kännchen ins kostbare Naß, da wendet der große Drache seinen Kopf und sagt mit gütiger Stimme: «Ich wünsche dir und deiner Blume Glück. Geht sorgsam um mit dem Geschenk der Mutter Erde; ihr werdet es gut brauchen können.»

«Danke, großer Drache!» Wie das glänzt und funkelt im kleinen Kännchen! Lubomir jubelt. Er hat ein Licht, das ihm den Weg weist. Da sind die Spuren des Drachen, da muß er durch. Vorsichtig macht er ein paar Schritte und blickt dann noch einmal zurück. Durch den goldenen Nebel sieht er die feurigen Augen des großen Drachen, die ihm freundlich lachend zublitzen.

Die Verwandlung

Voller Freude eilt Lubomir mit dem kostbaren Wasser den langen Weg zurück durch die schwarze Schlucht. Oh, wenn er doch nur Flügel hätte! Dann würde er frei und leicht über Berg und Tal zu seiner Blume fliegen. Hoppla! Lubomir rutscht aus und fällt auf dem glitschigen Weg beinahe auf die Nase! Zum Glück sind nur ein paar goldene Tropfen aus dem Kännchen auf den Boden gefallen.

Jetzt nur nicht übermütig werden, Lubomir. Mach es wie die Schnecke: Eile mit Weile!

Vorsichtig stapft Lubomir über die steinig kahle Weide. Jetzt heißt es aufpassen, daß ihm die alte Hexe Schilasur nicht über den Weg läuft. Wenn man nur wüßte, wo sie steckt. Vielleicht sucht sie ihn schon überall. Da unten ist der große Sumpf mit den silbernen Birken im Schilfgras, wo die Frösche im Chor um die Wette quaken und die Mücken in kugeligen Schwärmen über den Wasserlachen sirren. Dort muß Lubomir durch, dann den Hügel hinauf zum Kastanienbaum und weiter über die Wiese bis zum Bach. Zum Glück weiß Lubomir den Weg. Nur noch ein paar Schritte trennen ihn vom schützenden Waldrand. Rasch schlüpft Lubomir ins Dickicht und verschwindet im Dunkel des finsteren Zauberwaldes. Wie still es hier ist! Mit ihren großen, schützenden Ästen breiten die knorrigen Eichen das zartgrüne Laub über das Versteck. Lubomir hat den Dornbusch wiedergefunden. Leise biegt er die stachligen Zweige zur Seite. Wie schön sie ist, die rote Blume.

«Trink, Blume, trink! Ich bringe dir das Wasser aus der Drachenschlucht.»

Ein zarter Schleier herrlich leuchtender Tropfen perlt auf die Erde. Die roten Blütenblätter schimmern golden, flimmern hell und heller. Leuchtende Lichtfunken in allen Farben tanzen auf und nieder, und Lubomir muß die Augen schließen, so sehr ist er geblendet vom gleißenden Licht. Wie er die Augen endlich wieder öffnen kann, breitet sich ein wunderbarer Regenbogen über dem Waldboden aus, und darunter steht ein Mädchen in einem feuerroten Röcklein mitten in einer Blumenwiese.

«Wer bist du?» fragt Lubomir schüchtern. «Ich heiße Marinka», sagt das Mädchen und lacht. «Vor langer Zeit wollte ich im Wald ein Sträußchen pflücken. Da kam ein altes Mütterchen und hat versprochen, mir die schönsten Blumen im ganzen Wald zu zeigen. Da bin ich mitgegangen.» «Das war die Hexe Schilasur. Sie hat dich verzaubert, Marinka!» Das Mädchen nickt: «Die gute Fee hat mich getröstet. Und dann bist du gekommen, Lubomir!»

Die beiden Kinder reichen sich die Hand, und ein Wort gibt das andere. Was weiß man nicht alles zu erzählen: von Hoppel und Flöckli, von der lieben Schnecke und von Zipfel und seiner gemütlichen Höhle. Und erst die gefährlichen Riesen! Vor lauter Schwatzen und Lachen merken die Kinder nicht, wie die Zeit vergeht. Die beiden tollen im Zaubergarten herum, spielen Fangen und Verstecken und haben ganz vergessen, wo sie sind. Sie sehen nicht, daß hinter der alten Wettertanne, die der Blitz gespalten hat, eine krumme Gestalt hervorschleicht. Es ist Schilasur, die alte Hexe. Aber auch sie ist mit ihrer Arbeit beschäftigt. Was murmelt sie nur so aufgeregt vor sich hin und schnüffelt mit der krummen Warzennase auf dem Boden herum? Die schwarze Katze sitzt auf dem Kräuterkratten. Der ist fast voll, doch etwas scheint noch zu fehlen.

Da plötzlich lacht die Hexe wild auf und zerrt mit ihren spitzen Klauen einen giftigen Fliegenpilz unter dem Laub hervor.

«Ei, ei, was für ein gutes Plätzchen.
Komm, schau, mein kleines Hexenkätzchen!
Potz Krötenschleim und Teufelsknochen,
nun will ich schnell ein Zaubersüpplein kochen!»

«Wo steckt denn bloß mein fauler Knecht? He, Lubomir, komm und trag mir den Kratten ins Haus.» Mißtrauisch schielt Schilasur zum Hexenhaus hinüber. «Muß wohl alles selber schleppen, he? Dir will ich jetzt schon Beine machen, du nichtsnutziger Faulpelz!» Die Hexe stöckelt mit ihren spitzen Schuhen übers Gras und drückt ihre Nase an die Fensterscheiben des Häuschens. Weit und breit kein Lubomir. Vielleicht in der Küche? Nichts! Oder hat er sich gar in den Keller geschlichen und nascht von der neuen Erdbeerkonfitüre, die Schilasur gestern eingekocht hat? Wieder nichts! Wütend geifert die alte Hexe vor sich hin:

«Der freche Bengel! Wenn ich bloß wüßte, wo er ist. Der wird doch nicht etwa in meinem Versteck herumschnüffeln?» Prüfend hält die Hexe die Nase in den Wind. «Was?» faucht sie wütend, «da ist noch jemand drin im Zauberwald, ich rieche es! He-he, das würde euch wohl gerade in den Kram passen, Kinderchen... Nun werdet ihr eure Meisterin aber kennenlernen!» Mit Riesenschritten saust die Hexe los. Hoch auf bläht sich der Rock, und das schwarzsträhnige Hexenaar flattert wirr im Wind. Im keuchenden Lauf schreit Schilasur, so laut sie kann: «Das sollst du mir büßen, du elender Teufelsbraten. Wehe dir, Lubomir!» Mir-mir... tönt das Echo vom Waldrand zurück.

«Was war das, Marinka?» Erschreckt zucken die Kinder zusammen. Bis jetzt haben die beiden friedlich in der Wiese gespielt, da und dort ein paar Beeren gepflückt und an nichts Böses gedacht. Woher mag das

seltsame Geschrei nur kommen? Behende klettern Marinka und Lubomir auf einen kleinen Baum. Sie spähen aufmerksam zwischen den Ästen hindurch und spitzen die Ohren. Immer näher kommt das Gezeter. «Lubomiiir!»

Der kleine Hirtenbub zittert wie Espenlaub. «Wir sind verloren, Marinka. Das ist die alte Hexe, sie kommt genau auf unser Plätzchen zu!» Marinka überlegt einen Moment, dann schüttelt das Mädchen entschieden den Kopf: «Ich habe eine Idee. Wir müssen schnell zum Hexenhaus, ich weiß noch ein geheimes Weglein durch das Moor!» «Zum Hexenhaus?» Lubomir wird kreidebleich. «Komm, Lubomir, vergiß das Wasser nicht!»

In Windeseile klettern die beiden vom Baum herunter. Neben dem Stamm auf dem moosigen Boden steht das Kännchen. Auf seinem Grunde funkelt noch etwas Lebenswasser aus der Drachenschlucht. Rasch packt Lubomir den wertvollen Schatz, und dann rennen die Kinder los.

«Haaalt! Potz Warzenkraut und Katzenschwanz! Hierher zu mir, oder ich zieh' euch das Fell über die Ohren!» Rasend vor Wut braust die Hexe übers Moor. Sie hat die Kinder entdeckt und ist ihnen dicht auf den Fersen. Lubomir und Marinka rennen um ihr Leben. Da vorne ist das Haus, die Tür steht weit offen. Da schießt die Hexe von der andern Seite durch die Hecken und stampft in gewaltigen Sätzen am Birnbaum vorbei durch den Garten. Böse flackern die roten Hexenaugen, während die Alte mit höhnischem Gelächter durch die Beete stelzt. Gleich hat sie die beiden eingeholt. Schon streckt sie gierig ihre scharfen Krallen nach Marinkas Kleidchen aus und schleckt sich die Lippen, da bleibt ihr spitzer Stöckelschuh in der weichen Erde des Rübenfeldes stecken.

Und schwupps, hast du's gesehen, fällt die Alte der Länge nach platt auf die krumme Nase, gerade mitten zwischen Spinat und Blumenkohl! Da streckt sie jetzt unter ihren Röcken alle viere von sich, strampelt in der Luft herum und winselt kläglich.

«Mach schnell, Lubomir, gieß das Wasser aus dem Kännchen in den Zaubertopf!» Mit zitternden Händen zieht Marinka die Türe hinter sich zu. Krachend fällt sie ins Schloß, und die Kinder schieben gemeinsam den schweren Riegel vor. Stockfinster ist's im Hexenhaus. Unsicher tappen Lubomir und Marinka durch den feuchten Flur. Von den rußigen Wänden hangen klebrige Spinnweben. Was für ein fürchterlicher Gestank!

Stickige schwefelgelbe Rauchschwaden dringen aus der Hexenküche. Unter dem Kamin im schwarzen Topf blubbert die bräunlichgrüne Zauberbrühe. Hell und klar glänzt das Wasser der goldenen Quelle in Lubomirs Kännchen.

Da poltert es von draußen laut an die Türe: «Aufmachen, liebe Kinderchen! So hört doch, so glaubt mir doch!»

«Will euch geben, was ihr wollt –
Truhen voll Silber, Kästen voll Gold!»

Lubomir und Marinka hören nicht auf die Hexe. Seelenruhig gießen sie das Lebenswasser in den Zaubertopf. Doch wie der erste Tropfen in die Brühe fällt, beginnt's im Kessel zu zischen und sausen und sieden und brausen, und ein gewaltiger Sturm bricht los. Jetzt dreht sich gar das ganze Hexenhaus, erst langsam, dann schnell und immer schneller im Kreis herum, daß den Kindern Hören und Sehen vergeht. Blitze zucken, Donner rollen, der

Boden birst, es kracht und splittert im Gebälk, und unter Toben und Heulen versinkt die Hexe samt ihrem Reich im lodernden Schlund. Ein letzter Blitz, dann schließt sich dröhnend der klaffende Spalt in der Erde – und alles ist still.

Von Stund an hat niemand mehr etwas von der Hexe Schilasur gehört oder gesehen. Nur ein grauer, seltsamer Felsbrocken liegt bis heute genau an der Stelle, wo die Hexe und ihr Reich im Boden versunken sind.

Wieder daheim

Leise zwitschern die Vögel im Geäst. Die ersten Strahlen der Morgensonne künden den neuen Tag. Als Lubomir und Marinka unter dem grünen Blätterdach des Waldes erwachen, kommen sie aus dem Staunen kaum mehr heraus: von Hexenhaus und Zaubergarten keine Spur. Und doch ist ihnen alles so bekannt!

Weiße Wolken ziehen am Himmel. Zwei Schmetterlinge tanzen über die Wiese, ein blauer und ein roter. Sie heißen Lubomir und Marinka; sie lachen und singen und hüpfen über Stock und Stein in den neuen Tag hinein. Wenn sie müde sind, setzen sie sich am Waldrand ins Gras, schnabulieren Beeren und Nüsse und schnattern dazu wie die Gänse im Haferstroh. «Schau dort, das kleine runde Berglein, Marinka! Zuoberst steht die alte Linde mit dem Bänklein. Von dort sieht man die Weide und den Teich mit dem weißen Schwan. Vielleicht sind die jungen Entlein schon ausgeschlüpft. Und erst Hoppel und Flöckli? Die beiden sind sicher sehr traurig, sie können ja nicht wissen, daß wir kommen. Schnell, schnell nach Hause!» Die Kinder können kaum mehr warten. Mit roten Backen kraxeln sie den steilen Abhang zur Linde hinauf.

Ganz in der Nähe plätschert friedlich der Brunnen vor Lubomirs kleinem Haus. Die Schafe liegen im Schatten, sie haben heiß in ihrem dicken Wollkleid und dösen in der Mittagsstille vor sich hin.

Doch da kommt plötzlich unerwarteter Besuch: Mit Getöse und Geschnaufe keucht jemand langsam den Berg hinunter. Wer mag das nur sein? Erraten… Es ist die Schnecke! Mit dem großen Haus auf dem Buckel kriecht sie schnaufend auf den Brunnenrand und ruft, so laut sie kann: «Schneckenpost! Schneckenpooost!»

Von überall strömen die Neugierigen herbei: Hoppel und Flöckli, Herr und Frau Maus, die dicke Ente, der stachlige Igel, ja selbst die zwei frechen Spatzen auf dem Zaun – alle wollen sie hören, was die Schnecke für Neuigkeiten bringt.

«Gute Nachrichten, liebe Freunde. Lubomir kommt heim, aber nicht allein. Marinka mit dem roten Röcklein ist bei ihm!»

Was für eine freudige Überraschung! Ist es wirklich wahr? Hoppel und Flöckli werfen vor lauter Freude die Hinterbeine in die Luft.

«Wißt ihr was», sagt die Schnecke, «ich habe eine Idee, wir veranstalten ein Fest!» Die Tiere jubeln. «Ja, ja, ein Fest! Ein Fest mit Tanz und Musik!» In Windeseile macht die gute Nachricht bei allen Freunden die Runde. Ist das ein emsiges Treiben, und alle helfen mit!

«Das Essen darf man nicht vergessen!» piepst Herr Maus, zwirbelt sein Schnäuzchen und lacht schelmisch: «Ich bringe Speck und Käse. Alles beste Qualität!» «Und ich mache fein geraffelten Rübensalat, mein altes Hausrezept», wispert Frau Maus. «Mit einem Ei dazu», schnattert Frau Ente und wackelt aufgeregt mit ihrem dicken Hintern. «Das tu' ich jetzt gleich legen!» Der stachlige Herr Igel verspricht die Zahnstocher mitzubringen, und selbst die

Spatzen lassen sich nicht lumpen.
Sie wollen knuspriges Brot
aus der Backstube besorgen und
flattern eilig davon.

Die Schnecke hat eine
besondere Überraschung bereit.
Auf ihren langen Wegen als
Postbote hat sie eine Sternblume
gefunden. Sorgfältig legt sie
die schöne Blume auf den
Fenstersims. «Schnell weg, sie
kommen», flüstert aufgeregt
Frau Maus. Bald haben sie sich
alle gut versteckt: Hoppel
und Flöckli hinter dem Stall,
Frau Maus im nächsten Loch,
und der Igel gräbt sich ins
Laub. Nur die arme Ente
watschelt hilflos umher und
kann sich nicht entscheiden.
Doch dann hat sie eine prima
Idee: Mit einem kühnen
Sprung platscht sie in den
Brunnentrog und taucht
hinunter, bis nur noch ein paar
braune Schwanzfederchen aus
dem Wasser gucken. Und die
liebe Schnecke? So schnell ist sie
noch nie gekrochen. Es reicht
gerade noch, um hinter dem
Türfensterchen zu verschwinden,
da stehen Lubomir und
Marinka schon vor dem Haus.

«Schau nur, Lubomir, die
schöne Sternblume!»

«Und da ein großes Ei,
Marinka!»

Immer mehr entdecken die
Kinder und staunen: «Wer mag
das bloß gewesen sein? Und wo
sind Hoppel und Flöckli?»

Platsch! Frau Ente taucht
auf und muß prustend nach
Luft schnappen, dazu klappert
sie mit dem breiten Schnabel
und bringt vor Aufregung kein
Wörtlein heraus. Marinka und
Lubomir müssen laut lachen.

Da beginnt es auch hinter den Büschen zu glucksen und kichern, und alle Freunde strecken lachend die Köpfe aus dem Versteck.

«Juhee! Lubomir und Marinka sind da! Willkommen zu Hause!»

Ist das eine Freude, ein Lachen und Weinen, ein Jauchzen und Umarmen. Hoppel rast auf der Wiese umher, macht wilde Luftsprünge, und Flöckli schleckt Lubomir vor lauter Übermut die Nase ab. Und was gibt es nicht alles zu fragen! Immer wieder muß Marinka von der Hexe und vom Zaubergarten erzählen. Lubomir und Marinka sind glücklich. Es ist schön, Freunde zu haben.

Nach dem feinen Essen ruft die Schnecke! «Achtung, alle aufpassen, es gibt ein Tänzchen! Wer beginnt?» Ein rotes und ein blaues Röcklein wirbeln lustig durch die Luft. «Bravo, Marinka, bravo, Lubomir!» Und dann tanzen sie alle miteinander einen fröhlichen Reigen. Was für ein schöner Tag!

Vor lauter Lachen und Singen merken unsere Freunde gar nicht, wie über dem Wald langsam die Nacht hereinbricht. Der alte Mond leuchtet am Himmel wie eine zauberhafte Laterne und schaut zufrieden auf das Freudenfest hinunter.

Er würde ganz gerne mittanzen, aber eben! Er muß halt weiter auf seiner Himmelsbahn. Gemächlich verschwindet der Mond hinter den Bergen. Noch ein letztes Tänzchen, dann wird es still ums kleine Haus. Hell funkeln die Sterne in der klaren Nacht. Nur eine kleine weiße Wolke schwebt leise über das friedliche Tal.

Zwergenlied

Komposition: Pierre Andrey

BIRKEN-
HALDE
VERLAG

ISBN 3 905172 08 9

Verlagsrechte:
© Copyright 1995 by Birkenhalde Verlag, CH-8411 Winterthur
Alle Rechte vorbehalten
Gestaltung: A. Kaczynski
Satz / Lithos: abc-Winterthur, Druckvorstufe, CH-8411 Winterthur
Druck / Ausrüstung: Neue Schoop AG, Urnäsch

Unter dem Titel «Lubomir» sind bisher erschienen:
Puppenspiel mit Faden- und Stabfiguren der «Tösstaler Marionetten»
Puppenfilm: Gute-Nacht-Geschichte in zehn Folgen, TV DRS 1989
Tonkassette für «Kinderclub», Radio DRS 1994

Theaterrechte:
«Tösstaler Marionetten», CH-8486 Rikon

Im gleichen Verlag erschienen:

Eine spannende Geschichte machte den Anfang zur Idee, ein Kinderbuch herauszugeben. So suchte Claudia Petalas-Egloff als Autorin den geeigneten Illustrator, den sie in Rolf von Moos auch fand. Seine fröhlichen und unkomplizierten Bilder schufen den passenden Rahmen zu dieser Tier- und Zoogeschichte, die den kleinen Leser denn auch bald einmal in seinen Bann zieht.

Jonathan, die neugierige und sympathische Giraffe, wird eingefangen und an einen Zoo verkauft. Die lange Reise führt durch viele Länder und bedeutet für die interessierte Giraffe ein neues Abenteuer.

Im Zoo ist Jonathan schon bald die Hauptattraktion, und auch einen Kameraden findet sie. Aber trotz den vielen Abwechslungen kommt schon bald das Heimweh. Per Zufall findet sie eine Möglichkeit, wieder in die Heimat zu kommen. Mit der zweiten Giraffe schmiedet Jonathan listig einen Plan.

In letzter Minute jedoch gerät die ganze Planung durcheinander, und die schon so nah scheinende Freiheit ist gefährdet...

Jonathan

Eine märchenhafte Giraffengeschichte von Claudia Petalas-Egloff

mit 14 ganzseitigen Illustrationen von Rolf von Moos

ISBN 3 905172 09 7